春

Frühling
Hermann Hesse

A Series Edited by Ulrike Anders

黑塞四季诗文集

［德］赫尔曼·黑塞／著绘

［德］乌尔丽克·安德斯／编

楼嘉／译

浙江文艺出版社
Zhejiang Literature & Art Publishing House

§ 早春

焚风每晚都在呼啸，
扑打着湿润而沉重的翅膀。
杓鹬在空中翩翩飞舞。
万物不再沉睡，
大地正从睡梦中醒来，
春天在召唤。

要平静，平静，我的心！
浓稠而沉重的血液里，
热情依旧激荡，
它会引你走上老路——
却不再是青春的方向。

§ 从绝望中醒来

我蹒跚向上，
不再沉沦于痛苦，

透过颤动的泪水，
看到这个全新的世界。
森林已飘散着夏天的香味——
充满温存绿意的夜晚啊，

星空中的你，
是多么急切地填满我的心！

朋友们，你们还活着吗？美酒，你还依旧闪耀吗？
你还依旧属于我吗，迷人的世界。
长久以来，我只能透过泪水，
远远地把你眺望，
而我看到的只有空旷？
旧日的圆舞曲再一次响起。
夏季的甜蜜魔法是否会
让逝去的重生？
灵魂仍然不相信奇迹。
夏天和树林还没有重新属于我。
但星星的光芒更圣洁、更清晰。
我静静地聆听，世俗的钟声，
我的命运之歌在耳边响起，
我的心房发出怯怯的回响。

§

　　一年当中的乐趣之一，便是迎来第一批花开！这一切来得多快啊！生命太短暂了！我迫不及待地想要再次拿起黏土，以我的形象造人，但现在时机还未成熟。

（摘自《致赫尔曼·博德莫尔的信》，1921）

§

新春

风暴呼啸得多么猛烈啊，

用尽它所有的力量，所有的力量，

围绕着高处的岩石狂奔，

仿佛要把冬夜

从沉睡中唤醒。

狂风竭力穿越森林，

压弯了松木；

狂风中响起了

多么明亮的春天之声。

这个声音让我感到愉悦；

让我感到惬意。

愿它永远吹响：

在春天到来之前，

冰雪会先融化。

欢呼吧，我的爱人；冬天已经过去。

春天正在路上

用它的华美，拥抱你我，

会为我们撒下花朵

用它蓝色的双眸

慈爱地看着我们

为了我们的幸福，送来光华。

§

　　我大约十四岁的时候，在二月或许三月早春时节的某个下午，一位伙伴邀请我和他一起出去砍一些接骨木的茎秆，他想在建造小水磨时用这些茎做管子。于是我们出发了，那天肯定是世间最美好的一天，因为它留在了我记忆深处，给我留下了永难忘怀的人生体验。土地虽然潮湿，但没有积雪，河道两旁已经有了很浓的绿意，在光秃秃的灌木丛中，嫩芽和第一批

柔荑花序含苞待放，已经有了一丝色彩，空气中充满了各种气味，这是充满了生命力和矛盾性的气味，混合了潮湿的土壤、腐烂的树叶和植物新芽的味道，人们已经期待着闻到第一批紫罗兰的花香，尽管它们还未开放。我们找到了接骨木，发现它们发出了小芽，但还没有长出叶子。我剪下一根树枝，一股又甜又苦的猛烈气味顿时向我袭来，似乎它把所有春天的气味都聚集到了自己身上，累加起来，并将它们强化。我完全被它迷住了，我闻到刀具、双手、接骨木上都沾上了树汁的气味，那么迫切，让人无法抗拒。我们没有说话，他久久地、沉思般地闻着他手里的树枝，香味也似乎在向他讲述。每一种体验都有它的神奇之处，当我走在潮湿的草地上，强烈而愉快地感受到了春天正在临近，即将到来的春天，在泥土和花蕾的香气中，在接骨木的香味中，浓缩成了一个感性的比喻，升华成了一种魔力。也许，即使那段小小的经历一直独立存在，我也不会再忘记这种气味；只要今后再遇到这种气味，甚至到了老年，也会在我心中唤起第一次的记忆，因为我自觉地体验过这种香味。现在，我还要给这段体验添加上第二种因素。当时，我曾在钢琴老师那里发现了一卷弗朗茨·舒伯特的乐谱，它强烈地吸引着我。因为等待老师的时间太久，我就翻阅起了这本乐谱，在我的请求下，老师答应借我几天。在闲暇时间里，我完全沉浸在首次发现的那种幸福中，在此之前我对舒伯特一无所知，当时却完全被他迷住了。而现在，在寻找接骨木之行的当天或许第二天，我发现了舒伯特谱写的春之歌《和煦的春风已经醒来》，钢琴伴奏的第一个和弦似曾相识一般击中了我：这些和弦和新鲜的接骨木的味道一模一样，如此苦涩又甜蜜，如此强烈且具有压迫感，充满了早春的气息！从那个时候起，早春—接骨木的香味—舒伯特和弦构成的一串联想对我来说成了一个固定而有效的联想；随着和弦响起，我立刻又能闻到酸涩的植物香味，这两者在一起意味着：早春。

（摘自《玻璃球游戏》，1943）

§

春天

在昏暗的陵墓中
我一直梦想着

7

你的树木和蓝天，

你的芬芳和鸟鸣。

现在你躺着

身披光芒和盛装

被阳光浇洒

就像出现在我眼前的奇迹。

你又一次认出了我，

温柔地引诱我

你带来的幸福

让我的四肢都因之震颤。

（1899）

§

春夜

栗子树上

春风睡眼惺忪地舒展着它的羽毛，

沿着尖尖的屋顶

暮色和月光向下流淌。

泉水清凉，淙淙作响
众口纷纭地讲述着传说，
教堂里十点的钟声已准备好
将这庄严的时刻敲响。

在无人知晓的花园里
月光照耀下沉睡的树木，
透过圆圆的冠冕沙沙作响
这是它们在美梦中的深呼吸。

我踌躇着放下手中
热情演奏的小提琴。
为这蓝色的广袤大地感到惊叹，
梦想、憧憬，最后陷入沉默。

§

童年时，我害怕焚风，甚至憎恨他。但随着男孩野性的苏醒，我开始喜欢上了这个叛逆者，这个永恒的少年、调皮的斗士、春天的使者。他凭借着旺盛的生命力和希望，开始了暴风骤雨般野性的战斗，他大笑、呻吟，呼啸着穿过峡谷，吞食山上的积雪，用他的双手粗鲁地压弯林中坚韧的老松，使它们哀叹。见证了这些壮美的事迹，我的爱逐渐加深。在焚风中，我迎来了甜美富饶的南方和从那里涌出的温暖、美丽的溪流，这些溪流疲惫地在北方寒冷平坦的山脉上化成细流，最终消逝。没有什么比这甜美的焚风更奇特、更吸引人的了。在焚风的季节里，它会突然到访，夺取山民，尤其是女性的睡眠，轻柔地爱抚所有的感官。这就是南方，一次次将炽热的自己暴风雨般地抛向北方贫瘠的胸膛，向被白雪覆盖的阿尔卑斯山村落宣布，在附近法语区的紫色的湖畔，报春花、水仙花和杏仁枝已经再次绽放。当焚风渐渐变弱，最后的污浊的冰雪融化，大自然展现出了最美丽的景色。植被像淡黄色的地毯，从山峦向四面八方蔓延，雪峰和冰川纯净而幸福地矗立在高处，湖水变得湛蓝而温暖，倒映着阳光和云彩。

所有这些足以填满一个人童年的心灵，在需要的时候，也可以填满他的一生。因为是上帝借由这一切不断地向我们诉说，而这些语言从未从人的口中出现过。谁曾在童年时如此去聆听，他一生都会听见它甜蜜、高昂而可畏的回音，永远无法逃脱它的魔力。那些以山麓为家，长年研究哲学或自然史的人，即便和老迈的上帝决裂——当他再次感受到焚风，或听到雪崩将树木折断，他的心就会在胸中颤抖，想到上帝和死亡。

（摘自《彼得·卡门青》，1904）

§
焚风之夜

无花果树在焚风中摇摆

像蛇一样缭乱扭结的树枝，

爬过寸草不生的山脉

赶赴孤独的节日

满月升空，用影子赋予了空间生气，

在滑行的云船之间

梦幻般地和自己交谈

在湖谷上空

静静地将夜晚幻化成诗歌和心灵的画卷，

唤醒了我内心最深处的音乐，

灵魂在迫切的渴望中升腾，
重获青春，渴望回归生命的洪流，
与命运奋战，想知道它缺少什么，
哼着歌，把幸福的梦想当作儿戏。
想重新开始，再次将遥远青春的炙热活力
变成现如今的冷却之物，
想流浪，追求爱，
漫无目的的愿望发出黑色的铃声，
传至星辰。
我踌躇着关上了窗户，点亮了灯，
看到床头白晃晃的枕头在等待，
皓月当空，诗句般的云雾缥缈
在生机勃勃的焚风中，
在银色的花园上空，
慢慢找回我熟悉的事物，
聆听我的青春之歌，直至安眠。

§

今年的春天来得如此之早，如此之美，可惜他像
艺术家一样未能在世界史上留下自己的声音。历史她

总是吵吵闹闹，很把自己当回事，又爱出风头；虽然她看似经常咧着嘴笑，但不能错误地把幽默当成她的品质。

（摘自《致阿尔弗雷德·库宾①的信》，1938.3）

§

诗人选择词汇，将它们放置于世界之中，而这个世界也许明天就将不复存在。这与此刻生长在草地上的银莲花、报春花和其他小花一样，在这个明天也许就要被毒气笼罩的世界里，它们小心翼翼地构造自己的小叶片和花萼，五片、四片或七片小花瓣，光滑或锯齿状的，尽一切可能的精确和美妙。

（摘自《致儿子马丁的信》，1940.4）

---

①阿尔弗雷德·库宾(1877—1959)，奥地利版画家、插画家。他是象征主义和表现主义的重要代表。——译者注

§

　　春季伊始。萌芽的绿色在美丽、圆润的拱形山丘上肆意奔跑，就像一层薄薄的、轻盈的波浪，棕色的树木摆脱了轮廓清晰、枝条交错的冬日姿态，鲜嫩的树叶闪动交织，变成了这幅风景画斑驳色彩里的一抹无限流动的绿色。之前在拉丁语文法学校求学时，汉斯观察春天的方式和现在不同，那时他更活跃、更好奇、更细致。他观察鸟儿归来，一种接着一种。观察果树开花的时序。之后，到了五月，他就开始钓鱼。现在，他不再费力去区分鸟的种类，也不再根据花蕾去辨别灌木。他只是看到了遍布大地的喧嚣，四处萌发的斑驳色彩。他呼吸着嫩叶的气味，感受着柔软和发酵的空气，充满惊奇地穿越田野。他很容易感到疲惫，总是有一种躺下就睡着的倾向，而且眼前几乎不间断地闪过各种各样的东西，却并非周遭真实的事物。它们究竟是什么，他自己也不知道，也没有去思考过。它们是明亮、温柔、不寻常的梦境，像围绕在他身旁的一幅幅图画或是一条充满奇异树木的林荫大道，没有情节，只有仅供观看的图画，但观看这些图画本身也是一种体验。这是一种被带到另一个地方，另一群人身边的体验。是踏上陌生土地，行走在柔软地面上的一次漫步，是一次在陌生空气里的呼吸，空气中充满了轻盈、细微、梦幻般的香气。但有时，取而代之的是一种朦胧、温暖和撩人心弦的感觉，仿佛一只轻巧的手滑过他的身体，有一种柔软的触感。

（摘自《在轮下》，1905—1906）

§

春

他再次踏上棕色的小径

从暴风雨后清朗的山峰而下，

美丽的景致临近了，

那里充满了亲爱的花儿和鸟的歌唱。

他再次引诱了我的心，

在这轻柔绽放的纯洁中

大地，我既是她的客人，

她亦为我所有，

我可爱的家园。

（1907.5）

§ 新的体验

我再一次看到面纱褪去，
熟识之物变得陌生，
布满星辰的崭新宇宙向我挥手，
心灵被梦境所阻滞，缓缓而行，

在新的轮回里
周围的世界井然有序，
我发现自己成了一个虚荣的智者，
像孩童一样被放置其中。

但从更早的诞生中
闪烁着遥远的预感：
星辰陨落，星辰成形，
宇宙从不曾空无所有。

心灵屈从，飞升，
呼吸在无限之中，
用破损的丝线编织
上帝更美的新衣。

§ 阶段

正如花儿凋谢，青春老去，
每一个生命的阶段都会绽放，
每一种智慧和美德都会开花，
但它们都不会永久持续。
心必须听从生命的每一次呼唤
准备好离别，迎接新的开始，
不要悲伤，要勇敢
投身于其他新的联结。
每一次新的开始，都蕴藏着魔法，
它会保护我们，帮助我们继续生活。

我们应当兴高采烈地穿过一个又一个宇宙，
不要像留恋家园一样依赖任何一个人，
世界精神并不想束缚我们，使我们感到拘束。
他想一步一步地提升我们，拓宽我们。
我们在自己的生命轮回中很难找到家园的感觉
当我们习惯于安乐，就会面临衰弱的威胁，
只有那些为出发和远行做好准备的人，

才能摆脱麻木的习惯。

甚至可能是死亡的时刻
将年轻的我们送往新的宇宙，
生命对我们的呼唤永远不会结束……
那么，心啊，再会吧，保重！

§
农场

当我再次看到这片位于阿尔卑斯山南麓的有福之地时，总觉得自己好像从流亡中回到了家园，好像终于重新回到了山脉真实的那一面。这里的阳光更亲切，山脉更殷红，生长着栗子树和葡萄树、杏仁树和无花果树，生活在这里的人们尽管很穷，但却善良、有礼、友好。连他们制作的一切都显得那么真挚，那么得体和友善，仿佛是从大自然中生长出来的。房屋、墙垣、葡萄园的台阶、小径、园圃和梯地，算不上新但也不旧，不像是费尽心思制造的，更像是和岩石、树木和苔藓一样属于大自然创造的一部分。葡萄园的墙、房屋和屋顶，都由同一种棕色片麻岩砌成，一切都像兄弟般契合。没有什么看起来陌生、敌对或暴力的东西，一切显得亲近、快活、情若比邻。

挑你喜欢的地方坐下，矮墙上、岩石上、树桩上、草地上或泥地上：无论在哪，你会像被一幅画卷和一首诗歌怀抱，无论在哪，你周围的世界都会发出动人心弦的幸福音调。

这是一个农场。清贫的农民没有牛，只有猪、鸡和羊，他们种植葡萄、玉米等水果和蔬菜。整幢房子包括地板和楼梯，都是由石头砌成的，两根石柱之间有一排凿出来的石阶通向院子。植物和岩石之间，处处映着湖水的蓝色。

思虑和担忧似乎留在了雪山的另一边。在饱受折磨的人们和丑恶事物之间生存，一个人会思虑很多！找到生存的理由是如此艰难，但又无疑极其必要，否则人怎么能活下去？一个人会因为所有这些不快乐而变得深沉。但生活在这里的人，都不用面对这个问题，生存不需要理由，思考成了游戏。在人们的意识中，世界那么美好，生命却那么短暂，以至于并非所有愿望都能稳稳达成；我希望自己能多一双眼睛，多一个肺。当我躺在草地上伸展着双腿，我希望它们能更长一些。

我想成为一个巨人，躺在山羊中间，将脸贴着阿尔卑斯山上的积雪，将脚沉入潺潺的湖水中。我就永远这样躺着，直到手指间长出灌木，头发上长出高山玫瑰，我的膝盖会成为山丘，葡萄园、房屋和教堂坐落在我的身上。就这样我躺了上万年，眯起眼睛望着天空和湖面。打喷嚏的时候，雷雨降临，哈气的时候，积雪融化，瀑布跃动。当我死去，世界也会死去。然后我航行穿过世界之海，接来新的太阳。

今夜我将于何处安睡？都一样！世界纷扰，是创造了新的神祇、新的法律，还是新的自由？都一样。但在这里，高处的报春花盛开着，叶片像穿戴着银色的皮毛，温柔甜美的风在白杨之间歌唱。在我的眼眸和天空之间，一只暗金色的蜜蜂嗡嗡地盘旋着——这些却不一样。她哼唱的幸福永恒的歌谣才是我的世界史。

（摘自《漫游》，1918）

§
晨曦的阳光

家园、青春、生命——它们的晨曦时刻，
数百次被遗忘和失去，
当我收到你迟来的讯息
它们从内心深处的各个角落涌出，
它们曾潜入并沉睡于我的灵魂深处，
那是你，甜美的光，新生的源泉！

过往和现今之间的这整个生命，
我们曾为之骄傲，并认为是富足的，
已不再重要；我一次次虔诚地聆听，
这段年轻却永恒古老的童话喷泉的旋律，
来自那被人遗忘的古老童谣。

你身披光芒
穿越所有的尘埃与纷扰，
照亮迷途中所有充满艰辛的追寻，
还有那，纯洁的晨曦。

§
三月的太阳

在清晨醉人的光辉中
飞舞着一只黄色的蝴蝶。
伛偻着身体，
一位老人睡眼惺忪地依偎在窗边。

他曾经远走他乡
唱着歌儿穿过春天的树林。
路上无数的尘埃，
曾飞过他的发际。

虽然鲜花盛开的树木
和黄色的蝴蝶
几乎没有老去的痕迹，
今天看来仍然如此。

但色彩和气味
却变得更加淡薄，
光线和空气更清冷
使呼吸更艰难和沉重。

春天像蜜蜂一样
轻声哼唱出明媚的歌声，
天空挥洒着蓝色与白色，
蝴蝶振翅飞舞，金光闪闪。

§

　　我今天画了两幅以提契诺州的乡村为主题的风景画，一幅画的是春天里一棵光秃秃的树和一个鸟巢，另一幅以圣乔治山为背景。现在我准备拿一块新的画布，用我调色板上的所有颜色在上面画一个花环，但以蓝色为主色。这些花部分来自我的记忆，部分源于我全新的创造。对了，多年以前，我画过一朵花，竟然在现实中真的存在。为了献给当时的恋人，我努力想创造出一种美丽而独特的花。几天后，我竟然在一家花店看到了同样的花，它叫大岩桐花，这名字虽然有点自命不凡——但它和我想象出来的花一模一样。

　　　　　　　　　（摘自《致一位女友的信》，1928）

24

第一批花开

在溪流旁
红色的垂柳后方
这些天里
许多黄色的花朵
睁开了金色的眼睛。
而我，这个早已失掉了纯真的人，
关于生命中那段金色黎明的记忆
在我心底涌动，
它透过花儿般的眼睛敏锐地凝视着我。
过去我会想要折下一些花朵；
但现在我把它们留在那儿
老人，该回家了。

春天的孩子

五月的花丛如此繁茂洁白
秀丽的树木竖立其间，

所有的花都必然
会随着下一阵风飘散。
你的青春也是如此，孩子，
还有你悦人的姿态，
尽管甜美如它们，
也必然会很快暗淡。
只有在痛苦和黑暗中
才会诞生甜美的果实。
但当它成熟的时候，
悲伤和痛苦便会永远伴随。

§

人不应该像你这般带着这样的想法和问题去读书。当你在观赏一朵花或者闻它的气味时，你不会立刻把它摘下来，撕碎了放在显微镜下观察，以找出形成它模样和气味的原因。相反，你会让这朵花，它的颜色和形态，它的芳香，它的整个存在，在沉默和神秘中对你产生影响，吸收它成为你的一部分。当你拥有全神贯注的能力，你就会被花的经验所充实。

就像对花所做的这样，你也应当如此对待诗人的作品。

（摘自《信件》，1936.10.5）

§

老人站在玫瑰花茎旁，是时候把它们捆扎起来了。他绿色围裙的带子上夹着一卷长长的、金色鬈发般浅色的韧皮，手里拿着一把剪刀。手指犹豫地在带刺的褐色树枝中搜寻、挑拣，找到那些枯死的末梢，小心翼翼地剪掉，再把它们收集到一个浅色的柳条筐里。傍晚的阳光在发芽的高大灌木、丁香树和榛子树之间斜射下来，温暖地流淌。老人一直在等待这一刻：他把篮筐和剪刀放在一边，迈进草地已经没入暮色的那头，开始了简单的收工仪式，他静静地站在流溢的余晖中，听着木兰树发出的声响。苍白的花瓣仍然张开着，呼吸着，浓重的晚霞从树枝的顶端向下倾泻。傍晚玫瑰色的光线迅速而柔和地在花朵间跳跃。疲惫的白色带着隐秘的温存闪闪发光。一连几分钟，神秘的面纱披挂在木兰树上，像是施了魔法，轻薄缥缈，苍白的花朵静静地看着，花魂从温柔的"圣杯"中苏醒，来参加它们小小的、不安的庆典。

老人的眼神变得平静，这位众花之父关切地注视着这微不足道的奇迹，羞红的花朵向他送来晚安，飘入他的心房。他呼吸间感受到了季节急切变换的气息，感受到了它们紧张的意愿，这些急不可耐的甜美萌芽，热切地期待着绽放。

世界变小了，他微笑着想道。

（摘自《梦想的房子》，1914）

§

春日

灌木丛中风的呼啸声

还有鸟儿的哨声，

在芬香的蓝天最高点

有一艘安静、雄伟的云船……

我梦见一个金发的女人，

我梦见了我的青春时光，

高高的天空，蓝且辽阔

是我向往的摇篮，

在其中我无忧无虑

体会着幸福的温暖

伴随着轻轻的哼唱，

如同一个孩子

在母亲的怀抱里。

§

　　我站在可以俯瞰家乡小镇的一座岩石山上，空气中混杂着露水和第一批紫罗兰的芬芳，河水流经小镇，粼粼的波光从河面传来，祖宅的窗户反射着阳光。我所看到、听到、闻到的一切都是那么华丽和丰饶，那么新奇，像一场出自大自然的狂热创造，呈现出浓烈的色彩，在春风中容光焕发，就像我在最充实、最诗意焕发的青春时代所看到的世界那样虚幻。我站在山上，微风拂过我的长发；我迷失在对爱情梦幻般的向往中，恍惚间我伸手从新绿的灌木上摘下一颗半开的嫩芽，把它捧在眼前，闻了闻（一闻到这个味道，以前的记忆就像在黑暗里被照亮了），然后用从未亲吻过女孩的双唇将这个绿色的小东西含住，开始咀嚼。伴随着苦涩而芳香的味道，我忽然清楚地意识到自己正体验着什么，过往的一切再现了。我在重温少年时代的最后一刻，在初春的某个星期天下午，我在独自散步时遇到了罗莎·克赖斯勒，我羞涩地问候她，并且无法自拔地爱上了她。

那时，我就这样在心怀不安的期待中，迎面看到了她，就像梦境，她没有留意到我，独自一人走上山来。我看到她的头发编成了粗粗的辫子，脸颊两边却仍有零散的发丝在风中嬉戏、飘舞。我有生以来第一次意识到这个女孩是那么美丽，风在她柔软的发丝间嬉戏的场景是那么美丽和梦幻，她一身薄薄的蓝色连衣裙，裙摆从她青春的肢体垂下，那么优美，撩人心弦，就像嚼过香气浓郁而苦涩的嫩芽，使我沉浸在春天紧张而甜蜜的欢乐和忧虑之中，一看到这个女孩，所有对爱情致命的预感、对女性的预感向我袭来。我激动地预感到未来的诸多可能性和承诺，预感到不可名状的喜悦，无法想象的困惑、忧虑和痛苦，预感到最真挚的救赎和最深重的罪恶，所有这些情感都在那一刻充斥了我的心。啊，春天苦涩的味道在我舌尖燃烧！啊，微风嬉闹着抚摸她红色的脸颊，吹起两旁松散的秀发。她渐渐走到了我的近旁，抬头认出了我，脸色微微泛红，转过脸去；我摘下坚信礼帽向她问好，罗莎迅速镇静了下来，优雅地用微笑回礼，然后抬起头，缓慢、稳稳而从容地向前走去，而在她身后，我向她送去了无数爱的祝望、请求和敬意。

这就是当时的情境，在三十五年前的一个星期天，那时的一切在这一刻重新在记忆里浮现：山丘和小镇，三月的风和花蕾的味道，罗莎和她的棕色头发，越来越强烈的渴望和甜蜜却令人窒息的不安心情。一切都和当时一样，我似乎觉得，我一生中从未像那时爱罗莎那样爱过。

（摘自《荒原狼》，1927）

§

情歌

我愿意自己是一朵花，
你静静地走来，
将我占为己有
紧握在手中。
我愿意变成红葡萄酒，

甜蜜地流经你的唇

完完全全进入你，

使你我都变得健全。

（1922.3）

§

才没几天，远处棕色的森林已经有了欢快的嫩绿光芒；在莱滕施泰格附近，我今天发现了第一朵半开了的报春花；在潮湿而晴朗的天际，四月柔软的云朵还沉睡在梦中，宽阔的田野还未耕种，呈现出闪亮的棕色，向着温暖的天空热切地铺展开去，仿佛渴望去感受、去孕育。为无数绿色的新芽和奋发生长的茎秆注入无声的力量。万物等待着、准备着、梦想着，在细微、温柔而急切的变化冲动中生长——胚芽向着太阳，云朵俯向田野，新草伸向天空。年复一年，每当这个时候，我都急切而渴望地等待着，仿佛在某个特殊的时刻，大自然会向我揭示新生的奇迹，仿佛我能完整地见证、领会并亲历力量和美的启示，见证生命微笑着跃出大地，向阳光张开年轻而巨大的眼睛。年复一年，奇迹的声音和气味与我擦肩而过，我爱它、崇拜它——但并不了解它；它就在那里，当它到来时，我却无法见证，我没有看到胚芽破壳而出，第一棵嫩芽在阳光下颤动的时刻。忽然间，鲜花遍地绽放，轻盈的叶子和泡沫状的白花在树上闪耀，鸟儿欢快地在温暖的蓝天中画出美丽的弧线。奇迹已经完满实现，尽管我没有看到它，森林绵延起伏，远处的山峰在呼唤，现在是时候装备上靴子和袋子，钓竿和桨具，用新的一年的所有感官来体会快乐，每一次都比以往更美好，每一次都似乎更短暂——当我还是个孩子的时候，春天是多么漫长，多么取之不尽啊！

（摘自《童年时光》，1903）

§

春

曾经我们这帮疯狂的男孩，
在小巷里撒野闹腾，
而从那之后一切都变坏了，
一切都在变糟糕！

如今瓢虫营营飞舞，

失去的快乐

又开始在我体内嗡嗡而来。

龙胆花和樱花

柔和的蓝色清晨！

心灵得以恢复

喜悦地从所有伤口上移开。

只有男孩对女孩的敌意

已经永远消失——

是啊，成了纯粹的友谊。

（1909）

§

晚饭前，我做了一次小小的漫步，一次寻常的城市散步。从码头开始，我沿着苏黎世湖，来到了鸟巢。五颜六色的鸟儿叽叽喳喳地嬉戏着，旁边的图片卡虽然标注了鸟类，却让人迷惑，猜不出它们的名字。我听到其中一只清楚地唱着：

啊，多好啊！

没人知道我叫淡蓝梅花雀！

　　这些来自非洲的淡蓝色童话般的小鸟，闪闪发光，就像夏天高山上的小小蓝色蝴蝶一样，它们栖息在小河边喝水，一旦有人经过，便会成群飞起。看到这些鸟，我就想到了你，因为你也很喜欢它们，而且它们是被你那双善良、清澈的眼睛看到并爱上的。阳光明媚，但北风凛冽，这是需要用眼睛而非肌肤去感受的春天。

（摘自《致一位女友的信》，1928）

§

花，树，鸟

孤独地在虚空中，

你独自发光，心啊，

在悬崖边问候你

灰暗的花朵，痛苦。

高大的树木，
忧伤地伸展着枝条，
鸟儿在枝条上
唱出永恒的烦恼。

花朵的痛苦是缄默的，
找不到语言，
大树一直长到云端，
鸟儿不停地唱着。

§

今天，4月27日，我听到了今年的第一声布谷鸟叫。它的叫声一年比一年美妙，但也变得更加费解。新泽西州的"荒原狼"在读《德米安》时所感受到的，我从这声鸟叫中百倍地感受到了，而且也感受到了它们之间的不同，因为它不仅意味着春天（这对老迈的病人来说更像是一种折磨），唱出了爱和创造的魔力，还使我记起了过去的七十个春天，以及七十年间鸟叫声缓慢变化产生的细微差别和意义。今天，它不再像我年轻时那样，意味着一种追求流浪的生活，抛开一切、离家出走的荒唐渴望，要南行，翻过阿尔卑斯山，穿过意大利，去往西西里岛，去往非洲，去往印度。相反，布谷鸟的叫声和临近的春天，提醒着我作为创作者的身份，唤起了我隐秘的想法：也许可以在沉寂多年以后，再一次仅以艺术家和诗人的身份，敢于用诗歌构思参与这场伟大而危险的游戏。这只是一场游戏，但它就像春天一样，既亲切但又令人无法忍受地唤起了渴望，这种想法几乎具备意大利、西西里、非洲曾经召唤我时的那种力量和魔力。这是一种既美妙又危险的状态，这种状态一定不能持续太久，否则会让人难以忍受。

（摘自《致恩斯特·摩根泰勒①的信》，
1950.4.27）

①恩斯特·摩根泰勒(1887—1962)，二十世纪中期最重要的瑞士艺术家之一。他是库诺·阿米埃特和保罗·克利的学生，是赫尔曼·黑塞的朋友。他深受瑞士传统农业环境的影响，在丝绸生意失败后，开始画画，并在二十七岁时成为库诺·阿米埃特的学生。——译者注

§

　　五月的头几天，或者再等到深秋，是南部山区风景最美丽的时节。整个夏季，丘陵和低山都被森林覆盖。每年的这个时候，整个大地都是新绿、鲜嫩、青春的，若没有其间星散着的五颜六色、亮闪闪的村庄，以及从远处俯瞰着自然风光的几座雪山，这一切几乎会让人觉得单调。而现在，当栗子树刚刚开始长出叶子，整片森林还微微透着光，最后那些野生樱花树逐渐凋零，第一批金合欢开始开花的时候，南方的森林以其微微泛红的灼亮新绿，令人迷醉，它还是那么稀疏，仿佛飘浮着，人们能透过它望见天空、群星和遥远的山峰。

　　在这个季节，布谷鸟是森林之王。在静寂的山谷里，在阳光明媚的森林顶端，在荫蔽的沟壑中，到处都能听到它求爱时低沉的声音。它的叫声意味着春天的到来，它的歌声唱出了不朽，它被问及生命的年数不是没有道理的。它的声音温暖而深沉，穿透森林，它在阿尔卑斯山南麓的叫声与我童年时代在黑森林和莱茵河谷听到的没有什么不同，与我的儿子们在博登湖第一次听到的也没有什么不同。这声音像太阳，像森林，像嫩叶的绿色和五月里飘浮的云朵的白色和紫色一样，亘古不变。年复一年，布谷鸟鸣叫着，没有人知道它是否还是去年的那只，而我们曾在童年、少年、青年时代听闻的布谷鸟现在又怎样了。这甜美而低沉的声音曾几何时听起来像承诺，像未来，像求爱，像暴风雨的呼喊，指示着幸福的方向，而如今它听起来像过去；对布谷鸟来说，无论它呼唤的是我们还是我们的子孙，无论是从摇篮里唤醒我们还是在坟墓上为我们歌唱，它都一样。我们很少见到这个羞涩的家伙，仅仅因为这个原因我就喜欢它。它不轻易显露自己，想保持自己的神秘。对绝大多数人来说，布谷鸟不过是绿色森林中美丽、低沉、诱人的声音——他们虽然已经听过成千上万遍，但却从未见过它的身影。昨天我问一群十二岁的学童是否见过布谷鸟，只有一个人说见过。

而我却经常看到它，这个羞涩的兄弟，我快乐的森林表亲，对大多数人来说，它可闻而不可见，流传着那么多关于它无家可归的有趣故事。它像隐秘的国

王一样统治着整片森林，持续两个月之久。它是夸夸其谈、挑战爱情的使者，对婚姻、家庭、孩子考虑得却很少。鸣叫吧，布谷鸟兄弟，你是我最喜欢的动物之一。

（摘自《五月的栗树林》，1927）

§

春

在森林的边缘，花蕾流泪哭泣，
黄色的花朵在淡绿色中闪烁，
鸟儿发出爱的鸣叫，
沉醉地交错在明朗的林中，
孩子们欢跑
在草地上追逐着报春花，
咿咿呀呀地
歌唱着隐隐预感到的未来生活中的困境。
而我们这些大人
越过悬崖聆听

从远处传来的枪声
虚弱和沉闷如垂死的脉搏在震颤。

总有一天会有和平！
总有一天我们会和孩子一起
带上花圈参加庄重的庆典，
把花圈献给未被遗忘的坟墓，
把花圈置于他们的返乡之路，
死神都不敢触碰他们黝黑的额头。
我们会带上花圈
和平
也会伴随节日的钟声到来
一次———一次——，
越过无声的万千世界
不朽的母亲会用深邃的双眸
微笑着看着我们
亲切地向我们俯身。

（1915）

§
在花园里

对于那些有花园的人来说，现在已经到了考虑诸多春季琐事的时候。你若有所思地走过空荡荡的苗圃之间的狭窄小路，苗圃北侧尚有积雪，看起来一点都不像春天。然而，在草地上和小溪边，在温暖而陡斜的葡萄园周围，许多绿色生命已经发芽，第一批黄花已站立在草地上，带着羞涩而欢快的生活的勇气，睁着孩子般的眼睛打量着周围这个安静而充满希望的世界。但是在花园里，除了雪莲花，一切都还是死寂的；春天几乎没有给这里带来什么，光秃秃的苗圃耐心地等待着照料和施种。

对于散步者和周日自然爱好者来说，现在又到了好时节；他们可以到处走动，愉快地观赏万物复苏的奇迹。他们看到碧绿的草地上绣满了色彩欢悦的初开的花朵，树上缀满了树脂状的嫩芽，他们剪下带有银色的棕榈柔荑的树枝，带回家装点房间，他们看着这些美妙的事物总带着一种惬意的惊叹，因为这一切是多么轻易自然地发生，一切都在正确的时间到来、发芽并开花。他们快乐地沉思，但没有忧虑，因为他们只感受当下，既不需要担心夜霜，也不需要担心蛴螬、老鼠或其他害虫。

花园的主人近来却没那么悠闲惬意。他们四处走动，注意到许多本可以在冬季完成的事情被遗漏了。他们思索着今年要做什么，不无忧虑地看向去年疏于照料的苗圃和树木，再次清点了种子和块茎的库存，他们还检查花园工具，发现铲子的柄裂了，修枝剪也生锈了。——当然，不是每个人都这样。专职园丁们整个冬天都心无旁骛地工作，一些勤奋的园艺爱好者和聪慧的家庭主妇也展现出他们已万事俱备的能力。在他们那里，没有一件工具丢失，没有一把小刀生锈，没有一包种子受潮，没有一个球茎或块茎在地窖里腐烂或丢失，甚至新的一年的整个花园计划都已准备就绪、考虑周全，任何可能需要的肥料都已提前订购，总的来说，一切都准备妥当，堪称典范。他们做得很好，他们值得赞扬和钦佩，今年又是如此，每一个月，他们的花园都会让我们的黯然失色。

但这是没有办法的事。我们其余这些人只是些懒散的半吊子，当春天来临，我们这些空想家和冬天里的蛰居者，被这些勤快的邻居吓了一跳，发现在我们还不知不觉地沉浸在冬天愉快的梦境中时，他们已经做了所有该做的事情，我们只能沮丧地看着这一切。我们很惭愧，事情突然变得非常紧迫，为了弥补落下的进度，我们磨好剪刀，急忙给种子商写信，一天半日就白白过去了。

然而，最终我们也做好了劳作的准备。在最初几天里，像往常一样，我们能预感到工作所带来的那种欣喜和兴奋，但也很辛苦，当今年的第一滴汗珠在我们的额头上渗出，我们的靴子陷进柔软厚实的土壤里，我们的手在铲柄上开始肿胀和疼痛时，三月和善的阳光几乎显得有点太温暖了。几个小时的辛劳后，我们疲惫不堪、腰酸背痛地回到屋里，炉子散发着暖意，却又显得陌生而古怪，晚上我们坐在灯下阅读园艺书，书中有许多诱人的内容和章节，但也描述了许多艰苦而无趣的劳作过程。毕竟，大自然是仁慈的，即使是在随意照管的花园里，最终也会长出一畦菠菜、一丛莴苣、一些水果，甚至还繁茂地生长着欢快的夏花，饱人眼福。

第一次费力翻土时，我们发现了蛴螬、甲虫、幼虫和蛛网，我们带着一种欢快又愤怒的心情消灭了它们。一旦鸟儿与你熟悉，你就能在近处，听到乌鸦在唱歌，山雀在窃窃私语。树木都已从隆冬中醒来，褐色树芽笑着，充满希望，玫瑰花细茎怀着对未来的美妙梦想，在微风中轻轻摇曳。每过去一个小时，周围的一切就会变得更加熟悉，我们感觉到夏天的气息无处不在，我们摇摇头，不知我们是如何熬过漫长沉闷的冬天的。这难道不是一种痛苦吗：没有花园的漫长灰暗的五个月，没有芬芳，没有花朵，没有绿叶！但现在一切都重生了，即使花园今天尚且荒芜，但对于在其中劳作的人来说，一切都已经在萌芽和想象中了。苗圃有了生机，这里会长出嫩绿的莴苣，那里会长出可爱的豌豆，再那边会长出草莓。我们把松过土的地整平，沿着绳子画出漂亮平滑的行列，种子会有序地得到播种。在花坛里，我们早就规划了颜色和造型的搭配，将蓝色和白色叠加，中间添上一抹红，为了达到华美的效果，这里用勿忘草作为镶边，那里用木樨草装饰，不吝啬闪亮的旱金莲，而且，考虑到夏季的小吃和酒饮，也在各处留出点空间，种上小萝卜。

　　随着工作的进行，欢乐的傻劲渐渐消退，内心趋于平静，微小而无害的园艺带来了另一类共鸣和思考，它们奇妙地占据了我们的心。毕竟，在园艺中存在着造物主的喜悦和纵情；人们可以按照自己的头脑和意愿塑造一块土地，以便夏天能吃到最喜欢的水果、看到最喜欢的颜色、闻到最喜欢的味道。你可以将这片小小的苗圃，几平方米光秃秃的土壤，变成一片色彩的波浪，一个天堂般的小花园，快慰我们的双眼。然而，它也有其限度。不管人们的欲望和想象如何，必须顺应大自然，由她来运作和料理一切。你无法用甜言蜜语糊弄大自然，也许你可以骗过她一次，但之后她会严格要求你遵从她的法则。

作为一个快乐的园丁，你可以在这短暂而温暖的几个月里观察到很多东西。只要你愿意且有天分，眼里就只会看到快乐的事物：在万物的生育和成长中充盈着大地旺盛的力量；在大自然的形态和色彩中充满了俏皮和幻想；那些有趣的小生命与人类之间的相似之处，因为植物也分擅长或不擅长持家的、节俭的或挥霍的、自豪的自足者或寄生虫。有些植物，如过着平庸生活的小市民，而有些植物却像是主人和享乐者；邻里也有好坏之别，有友谊也有嫌隙。有的植物活得狂野、死得绚烂，无拘无束、放荡不羁；有的植物穷困潦倒、饱受歧视，悲惨地忍受着饥饿，艰难地生存。有的植物尽情繁衍生长，欣欣向荣，而有的植物却需要借助人力才能繁衍生息。

我总是对花园里夏天的来去匆匆生发感叹和思索。

在短短的几个月里，植物在苗圃里成长、兴盛、生活、枯萎、凋谢，直至死亡。苗圃几乎刚被施种、浇水、施肥，幼苗就开始出芽、成长，而月亮也才盈亏两三次，年轻的植物就已经成熟了，完成了它的目标，必须被清除干净，为新生命腾出空间。在任何工作或无所事事当中，夏天都不会像在从事园艺工作这样，以如此可怕的速度匆匆流逝。

在花园里，我们能比其他任何地方更清楚、更令人信服地看到生命紧密的轮回。花园新的一年才刚刚开始，地面上就已经出现了废屑、残骸、切断的嫩枝、被修剪的茎、干枯或死去的植物，而且每周都会变得更多。我们把它们和苹果皮、柠檬皮、蛋壳以及各种垃圾一起堆成肥料；它们的枯萎、腐烂以及分解并没有被我们忽视，在我们的关注下，没有任何东西被浪费。阳光、雨露、雾气、空气和寒冷使难看的堆积物分解，园丁小心翼翼地保存着这些堆积物，不等一年结束，又一个夏天过去，所有的残渣就已经分解并回归到土壤之中，它们使土壤变得黝黑而肥沃。不久之后，新芽和嫩枝就会从这阴沉的废墟和死亡中重生，腐烂和分解的物质又以美丽多彩、充满力量的全新形式复回。而这整个简单而确定的轮回，给人类带来了无尽的思索，所有的宗教也都以崇敬之心对它进行阐释，而这样的循环在每一个小花园里都如此安静、快速、清晰地进行着。每一个夏天都从前一个夏天的死亡中汲取养分。每一株植物都会安静而确定地化为泥土，就像它们从泥土化为植物一样。

在我的小花园里，我心怀喜悦期待着春天的到来，种下豆子、生菜、木樨草和水芹，用它们前辈的遗产给它们施肥，回想过往，期盼新生的植物。与其他人一样，我接受这种井然有序的轮回，视之为一件不言而喻的、本质美丽的事情；偶尔，在播种和收获的瞬间，我才会突然想到，在地球所有的造物当中，只有我们人类对轮回感到不满，不满足于万物的不朽，而追求个性、自我、独一无二的人生。

（1908）

园丁一梦

（为尼农而作）

梦中仙子的神奇盒子里有什么？
首先，最好的肥料堆成山！
然后，小路两旁没杂草，
猫咪成双不吃鸟。

还有药粉，只要撒上，
蚜虫立刻变玫瑰，
刺槐变成棕榈林，
用它们的收成赚大钱。

仙子啊，让水为我们流淌
在我们种植和播种的地方，
赐给我们永不开花的菠菜，
还有一辆自己行走的独轮车！

再来些：安全可靠的老鼠药，
控制天气的法术，防止冰雹，

一部从马厩直通房子的小电梯，

每晚都换一副新腰背。

（1933.7）

§
在草地上伸个懒腰

我舒展四肢躺在草丛中，

聆听细柔的麦秆丛，

杂乱的低语

很快遮蔽了整片天空。

那一刻正在临近，

我会忘记一切烦恼，

虽然现在我依然痛苦，

但很快就会结束。

体内暗涌的热血，

在麦秆和三叶草之间变稀、冷却，

此刻可怕的悲痛

已经平息、冷静、可以忍受。

我的渴望编织了一个梦，
这个梦会变成一朵花。
我闻香入睡，
像一个孩子回到了家。

§
三月

灵魂，远离哀伤吧，
即便是太阳也会使人迷惑！
看吧，即使是农民，
也会迈开脚步，找到自己的快乐。

§
四月

擦亮你的眼睛
珍爱你心中的兴致；
虽然它在三月里欺骗了你，
亲爱的春天现已名副其实。

§

五月

少年，去感受
胸中爱的哀歌和爱的喜悦。
但不要以为
自己比别的男孩拥有更多感受。

§

洛迦诺的春天

树梢在暗火中飘舞，
在充满希望的蓝色中
万物显得更有稚气和清新，
经常行走的古老台阶
向山上蜿蜒延伸，
从被烧毁的城墙
最早盛开的花朵温柔地呼唤我。
山涧溪流翻卷着绿油油的水草，
岩石滴水，阳光漏下，
会看到我甘愿忘记，
身处异乡的痛苦。

§

几年前，提契诺州还处于中世纪，是天堂和南太平洋。而现在提契诺州已经被柏林和法兰克福征服，也被库克和贝德克尔的旅行指南给征服了，如果有人想清楚地了解地球人口过剩的情况，他一定不必去参加卡尔斯霍斯特的赛跑，因为那里尚有足够的空间。

我并没有因为抵达卢加诺而兴高采烈。拥挤的情况已经很久没有像这里一样给我留下如此恶劣的印象了。在复活节的时候，外地人像蝗虫一样蜂拥而至。小小的卢加诺却有柏林四分之一的人口，苏黎世三分之一的人口，法兰克福和斯图加特五分之一的人口；每平方米大约有十个人，每天都有许多人被压死，但人数却没有感觉到减少，而且每辆快车都会带来五百到一千名新客人。

这些外地人无疑是讨人喜欢的，他们有教养，又要求不高。由于收入相当微薄，只能凑合着三人挤在一个浴缸里睡觉，或者干脆就睡在苹果树上，感动且感激地呼吸着车道上扬起的灰尘。他们脸色苍白，透过硕大的镜片，向鲜花盛开的草地投去理智而欣赏的目光。为了他们的缘故，这些草地被铁丝网围了起来，而仅仅几年前，它们还自由自在、亲密无间地躺在太阳底下，任由小径在中间纵横交错。这些讨人喜欢、有教养、感激且知足的外地人，坐在车里，面对面驶过，毫无怨言地整日流连于一个个村庄之间，寻找空床位，当然这是徒劳的；他们在当地酒吧赞赏女侍穿着长久不见的提契诺州传统服装，给她们照相，并试着用意大利语和她们交谈。他们觉得一切可爱迷人，却完全没有注意到，自己正年复一年地将这个中欧仅存不多的天堂般的地区之一变成柏林的另一个郊区。年复一年，汽车成倍增加，旅馆变得更加拥挤，甚至最后一个顶善良的老农也不得不用铁丝网来抵御践踏草地的人流，一片又一片草地，一个又一个美丽安静的森林边缘消失了，成为建筑工地，被圈起来。金钱、工业、技术和现代精神早已占领了这片不久前还如此神奇的地区，而我们作为这片风景的老朋友、知己和探索者却同那些不受欢迎的过时事物一样，被推到墙角甚至被根除。我们中的最后一人会在提契诺州最后一棵老栗子树上吊死，就在这棵树被建筑投机商砍掉的前一天。

不过，就目前而言，我们仍然享有少许的保护。首先，仍有一些地区经常发生斑疹伤寒（去年我的一

个朋友和他的妻子在提契诺的村子里死于斑疹伤寒);
其次,据说卢加诺的乡村在四月(通常是每年的雨季)
是最美丽的,而在夏天,由于天气炎热而令人无法忍
受。于是,炎热美丽的夏天给了我们喘息的机会。但
现在是春天,我们只得视而不见,通常会关上房门,
透过紧闭的百叶窗往外看那黑压压的人群,这些人像
是一支不间断的大军,日复一日地穿过我们的村庄,
仿佛是在美景的遗迹前进行着动人的弥撒仪式。

大地变得拥挤不堪!所见之处尽是新房舍、新酒
店、新车站,一切都在扩张,高楼拔地而起;走上一
小时而不遇到人群似乎是不可能的了。甚至在戈壁沙
漠,在突厥斯坦也不可能……

我徜徉在妙不可言的书海中,把自己锁进隐居处,
而外面报春花和银莲花盛开,一群群外地人的黑影穿
过乡间。现在来卢加诺过复活节是一种风尚,所以他
们在这里。十年后,他们会去墨西哥或洪都拉斯。如
果阅读优美的诗歌和故事是一种时尚,他们也会跃跃
欲试的。但他们把它留给了我,我成了数百万人的代
理读者。作为回报,在夏天,当这里爆发着声名狼藉
的热浪时,我却能在小森林和草地小路上拥有再次行
走和呼吸的余地。而这些外地人,不论是在柏林的家

中还是身处高山，或是天知道什么地方，他们在为最
后一张空床位而竞争，被汽车的烟尘呛得咳嗽，迷了
双眼。这个奇怪的世界，我永远无法理解。

（摘自《回到乡间》，1927）

§

瑞士的春天

啊，今天的山峰多么秀美！
潮湿而蔚蓝的天空绽放着微笑，
从南边吹来狂野强劲的焚风
穿过山谷。
在一片氤氲的白色地面上，
遥远的汝拉山蓝似天鹅绒，
阿尔卑斯山脉之上
像一片被银白色的光点亮的大海。
数月之久的冬季结束了，
绿意爬上了山坡
兰花和龙胆花盛开了——
此刻，我的心啊，欢欣鼓舞！

§

托斯卡纳的春天

现在是大银莲花盛开的季节，
所有田埂都以它为冠；
温暖的花园里柠檬成熟了；
城墙上热气蒸人，山峦闪耀。
我再次寻求柏树庇荫
在草地上懒洋洋地舒展我的四肢
沉浸在草垫温和的香味中
哼唱着春之歌。
当我累了，将目光扫过白色的别墅，
还有炎热的街道和黄色的田野；
我心不在焉——却静静地思念着
椴树的香味和德国山毛榉林。

§

山间的春天虽然匮乏而贫瘠，还需要面对那么多
的天敌和如此窘迫的生计，但他依然乐于生活、劳作
和感受！只要没有别的事情可做，也没有草地，没有

蜜蜂，没有樱草花，没有小蚂蚁需要操心，春天就会像男孩一样，即使是微不足道的东西，他也能心满意足地一直和它们游戏。

现在最甜蜜的游戏开始了。除了小木屋和其周围的一小片区域外，他现在什么都没有，所有其他事物都还深埋在地下。所以他紧紧抓住那唯一的生命，依附在木头中的生命。他和木梁、木门嬉戏，和木板、木瓦片玩耍，和木屋顶下的柴块、树桩游戏。他用正午的阳光浇灌它们，当它们感到口渴时，让它们喝下露水，他打开它们沉睡的毛孔，而这些方才还显得死气沉沉的木头，原本被永远排斥在生命循环之外，重新开始感受到生命，感受到关于树和太阳的记忆，感受到成长和遥远的青春。生命在梦中微弱地呼吸，它充满渴望地吸吮着水汽和阳光，它在凝固的纤维中伸展，使木头咔嚓作响，缓缓挪动着。当我躺在木板上开始蒙眬入睡时，木头上散发着一种奇妙而亲切的淡淡香味，微弱得像孩子一样，充满了大地、春天和夏天，苔藓、溪流和与动物为邻的动人纯真。

（摘自《伯尔尼高地的牧民小屋》，1914）

§

春日正午

报春花在明亮的草丛中茂盛涌现，

雌黑鸟犹豫不决地面对爱的追求，

草地上的芬芳预告着紫罗兰即将盛开，

树林后面，山羊明亮的歌声在空中俏皮地徘徊。

邻近的庄园里，旋律穿过打开的窗户传来。

空气中回荡着钢琴和女孩的声音，

在春天的正午，一首舒伯特的歌曲，

把我的感官和心灵牵回到最古老的道路。

这一切是永恒的，将永远持续下去，

人类谱写的甜美歌曲和蜜蜂醉人的舞姿。

从远处的大道上随风传来的男孩吵闹声，

草地上金灿灿的报春花，微风中柔和的云团。

这一切是永恒的，会不断循环，

大炮会褪色、生锈，

邻里孩童却会继续演奏、唱歌，

献给亲爱的大地和她的春天。

§

春天漫步

澄莹的小露珠再次立在树脂状的叶芽上，第一只天蚕蛾在阳光下翕张着它名贵的天鹅绒礼服，男孩们玩着陀螺和石球。圣周到了，空气中充满并漫溢着乐声，承载了无数回忆——色彩斑斓的复活节彩蛋，客西马尼园的耶稣，各各他的耶稣，圣马太受难，少年时代的热情，第一次爱恋，第一次青春的忧伤。银莲花在苔藓中摇曳，丰茂的毛茛在草地的溪流边闪耀。

孤独的漫游者，成长的过程像是一部协奏曲，它用千百种声音将我包围，我无法将它和内心的欲望、克制区别开来。我曾经走出城市，很久之后才再次回到人群中间，我坐火车旅行，观看绘画和雕塑，听奥特马·舍克美妙的新歌。现在，快乐的轻风吹拂着我的脸，正如它吹过摇曳的银莲花，唤醒我内心纷纷的记忆，就像灰尘的旋涡，痛苦和过往的记忆在我的血液中响起，进入我的意识。路边的石子，你比我更坚强！草地上的大树，甚至可能是你，小覆盆子<u>丛</u>，也甚至可能是玫瑰色的银莲花，都会比我长寿。

在呼吸之间，我比以往任何时候都更深刻地感受到躯体的短暂性，并感觉到自己开始转变，变成石子，变成泥土，变成覆盆子丛，变成树根。我的渴求依附于逝去的征兆，依附于大地、水和枯萎的树叶。明天，后天，很快，很快我成为你，成为叶子、大地、树根，我不再在纸上书写，不再闻到华丽的桂竹香，不再把牙医的账单装在口袋里，不再因为公民证而被可笑的官员纠缠不清。游泳，像蓝天中的白云；流动，像溪流中的波浪；发芽，像灌木中的叶子，停留在遗忘中，沉浸在上千次充满期盼的转变中。

话语的世界，观点的世界，人的世界，欲望不断膨胀的世界，充满狂热恐惧的世界，一再将我抓住，将我迷惑，将我囚禁。千百次，你用钢琴曲、报纸、电报、死亡通知书、注册登记表和所有绝妙却无用的东西使我狂喜，使我害怕；你的世界充满了欲望和恐惧，优美的歌剧旋律动人，却荒诞不经。但是，上帝保佑，你再也不会完全从我身边离去，对奇迹的虔诚，化体时的基督受难曲，为死亡做好的准备，重生的意志。欲望会变成恐惧，恐惧会变成救赎，生命易逝之歌会在路上伴随着我，但我内心没有悲伤，充满决心，充满希望。

（1920）

耶稣受难日

乌云密布，森林里还有残雪，
在光秃的树木间，乌鸫在歌唱：
春天的呼吸焦急地摇摆，
欲望膨胀，忍受着痛苦的重压。
沉默地站在草丛中，显得那么渺小
番红花的领地，紫罗兰的花床，
散发着羞怯的气味，却不知是什么，
散发着死亡和庆典的味道。

嫩芽被泪水遮蔽，
天空低沉，如此接近大地，
所有的花园、山丘都是
客西马尼园和各各他山。

§

今年复活节期间，我又一次坐在收音机旁听《马太受难曲》。这场神圣的庆典每次给我带来的体验都不

66

尽相同，想起童年时，在曲子第一部分结束前，我通常就已经把母亲给我的巧克力吃完了，接下去就只能不耐烦地忍受着咏叹调与合唱不断地循环，尤其是最后的合唱部分，因为年龄太小，我还适应不了被强制要求长时间坐在那里，许多记忆涌进我脑海里，相互重叠……

在所有的基督教节日中，复活节是唯一一个几十年来我仍然带着虔诚和敬畏之情体验的节日。春天伊始的胆怯和甜蜜，还有我对父母和在小花园里丁香花丛下寻蛋的记忆，都属于这个节日，而巴赫的音乐不亚于坚信礼对我的感染力。我对父母虔诚的信仰心怀崇敬，但同时又怀疑和反对受限于教会教规的信仰，两者之间的冲突，反反复复地在我心中激荡回响了好几十年，就像我每次重听巴赫"受难曲"时的心情，时而向往，时而感觉到强烈的讽刺。我敬畏的是耶稣承受的苦难，是他在客西马尼的抗争，而我的批评转向了文本中的某些部分，特别是有关门徒的那些。当他们的主人独自一人做着最后的抗争，他们却沉浸在睡乡里。但这睡眠终究还是可以被理解和原谅的，它不仅出于懒惰，出于对难以承受之事的恐惧，也包含着某些孩子般的自然天性。但其中一个门徒背叛了他，另一个门徒"石头"（彼得）三不认主，在他们的圈子里，出现了寻求奇迹、创造传奇和建立教会的狂热情绪，这种情绪并没有因为分歧或争夺名分而受到影响。这让我在生命中的某些阶段，对门徒极其反感。很久以前，有几次，这种批判的态度甚至影响了"受难曲"对我的感染力。就仿佛巴赫"受难曲"中的信徒，或画家和雕刻家的受难者群像中的信徒，真的与新教教条历史或圣经批评中的门徒一样，在我听到彼得三不认主的叙述时，我仿佛能更加深切地感受到彼得在否认耶稣时的恐惧、困扰和可怕的羞耻与悔恨，这比听耶稣受难的故事更令人揪心！但那种因为批判性冲动的参与而对虔诚造成的损害，无非是曾经伤口的疤痕在抽搐罢了。

（摘自《复活节札记》，1954）

§

水仙花的香味

基调是酸涩却柔和的，
它和泥土的气味相结合，
被正午的暖风裹挟，

飘入窗户，像一个悄悄来访的客人。

我想过了，

这就是它的美妙之处：

它是我母亲花园里，

春天的第一个孩子。

§

这个春天，花期里没有降雨，从第一批报春花开
到第一批银莲花和山茶花开，大地都是干旱多尘的，
北方的焚风持续不断地吹拂着大地，夜晚时分，人们
有时会看到森林大火似一条长长的燃烧着的火绳向山
上缓慢爬行。令人动容和心生同情的是，尽管发生了
这一切，数不清的紫罗兰、藏红花、蓝星花、小米草
和野芝麻还是从坚硬的地面上冒了出来，它们向无情
的北风高昂着纤弱的小脑袋，不顾一切地笑着，茂密
地开放。森林中和草地上，绿色尚且克制着自己，只
有我家小灌木丛边缘的竹子轻轻摇动着淡淡的嫩绿。

春天对大多数老人来说不是一个好时节，它对我
也产生了可怕的影响。粉剂和注射没有太多帮助；疼
痛像草丛中的花朵一样茂盛地生长，而夜晚变得难熬。

但是，每天在户外度过的短短几个小时，却能使我忘却疼痛，将身心投入到春天的奇迹中，还有给我带来狂喜和启示的瞬间，每一刻都值得记录，如此，这些奇迹和启示便得以被描述和传递。这些体验出人意料地降临，持续几秒或几分钟，自然界生命的进程在其中向我们诉说并揭示自己，当一个人足够年老的时候，他才会意识到整个人生虽然有欢乐和痛苦，有相爱和相知，有友谊、爱情、书籍、音乐、旅行和工作，但终究只是一条通向成熟时刻的漫长弯路。上帝通过一处风景、一棵树、一张面庞、一朵花的形象，向我们显现他自己，向我们呈现所有存在和变化的意义和价值。事实上，即使我们年轻时可能目睹过树木开花、云朵成行、暴烈夺目的雷雨，但我所说的经验却需等到年老，需要对所见、所历、所想、所感、所体验的形成一个无限的总和，需要生命本能某种程度上的弱化，需要某种程度上的衰弱而接近死亡，以便在自然界的一个微小启示中去觉察上帝、精神、神秘、对立统一，以及伟大的一体。年轻人当然也能体验到这一点，但情形较罕见，而且缺少那种感觉和思想、感官和精神、刺激和意识的统一。

干燥的春天里，在降雨和一系列雷暴到来之前，我经常待在葡萄园里的一个角落，每年这个时候，我都会在一块还没有被开垦的花园土地上架起炉灶。在围绕花园的山楂树篱中，一棵山毛榉已经生长了多年，这棵小树最初只是一颗从森林远道而来的种子，几年来，我勉强把它暂且留在那里，并对山楂树篱感到抱歉。但后来，这棵坚韧的小山毛榉却长得非常漂亮，我最终接受了它。现在，它已经是一棵粗壮的小树了，而且令我倍感亲近，因为在整片邻近的森林里，我最喜欢的那棵老山毛榉不久前被砍倒了，砍落的树干像柱状的大鼓一样沉重地躺在那里。我的小树也许就是那棵山毛榉的孩子。

小山毛榉顽强地紧抓着它的叶子，这让我感到高兴和钦佩。当其他树木早已光秃秃的时候，它立在那里，身上依旧披着枯叶，度过了十二月、一月、二月，暴风雨拉着它，雪落在它身上，又融化滴落。起初深褐色的枯瘦叶子变得越来越淡，越来越薄，越来越丝滑，但小树依然不放走它们，用它们来保护幼芽。然后在春天的某一天，每次都比人们预期的要晚一些，整棵树变了样，旧的叶子消失了，在它们原先的位置上冒出了湿润、嫩绿的新芽。这一次我见证了这种转变。大约是四月中旬的某个午后时刻，雨水刚使这片景致显得更加青翠，这一年，我还没有听到布谷鸟的叫声，草地上还没有长出水仙花。而就在几天前，我还站在强劲的北风中瑟瑟发抖，竖起衣领，敬佩地看着小山毛榉在和北风较劲，不肯放弃一片叶子；它坚韧而勇敢，强硬而不屈，紧紧地抓着泛白的枯叶。

今天，当我站在火堆旁，在柔和无风的温暖氛围中折着枝条，我看到：一阵柔和的微风吹起，仅在一次呼吸之间，成百上千保存了那么久的树叶被吹走了，安静、轻盈、心甘情愿，像是厌倦了坚韧，厌倦了蔑视和勇敢。五六个月来所坚持和捍卫的，仅在几分钟内就屈服了，仅仅因为一丝微风就荡然无存，因为时间已经到了，苦苦忍耐已经没有必要了。它们已经准备好，微笑着四散开来，翩翩起舞，没有挣扎。风太弱了，即便是已经变得如此轻薄的小叶子，风也无法将它们吹往远处；枯叶像一阵毛毛细雨，缓慢飘落，覆盖在小树脚下的小径和草地上，小树上，有的嫩芽已经破开，显出绿色来。这令人惊讶和动容的一幕，向我揭示了什么？是死亡吗，是冬天的树叶轻盈和自愿的完满死亡？还是生命，这些迫切而欢快的青春之芽，用突然苏醒的意识为自己开辟了空间？令人悲伤还是令人振奋？是在提醒我这个老人，应让自己随风

飘扬然后归于尘土，或是在提醒我抢占了属于青壮年的空间？还是在忠告我要像山毛榉树叶一样坚持下去，尽可能长时间地、顽强地支撑和保护自己，于是当离别的时刻来临，它会变得轻松愉快？不，就像每一种心理体验，它是伟大和永恒之物的可见化，是对立面重合，并在现实之火中融合，它没有任何意义，也不是忠告，相反，它又意味着一切，意味着存在的奥秘，是美丽，是幸福，是意义本身，是给观察者的礼物与珍宝，就像巴赫之耳、塞尚之眼。这些名字和解释并不是经验，它们是之后才产生的，经验本身只是表象、奇迹、奥秘，既美丽又严肃，既温柔又无情。

§

整个世界变得绿意盎然，复活节的那个礼拜天，森林里响起了第一声布谷鸟叫。在山楂树篱旁边，靠近山毛榉树的同一个地方，在一个同样潮湿、多变、多风的雷雨天里，一切都做好了从春天跃至夏天的准备，这伟大的奥秘通过视觉体验的隐喻向我讲述。在乌云密布的天边，刺眼的阳光透过云层投射在山谷新生的绿林上，一场云朵大戏拉开了帷幕，风似乎同时从四面八方吹来，但南风和北风最为强劲。躁动和激情使空气中充满了强烈张力。而在其中一幕，另一棵树出现并挺立着，一棵漂亮的小树，一棵邻家花园里刚生新叶的白杨，它吸引了我的目光。像一枚头部尖尖正要向上发射的火箭，它充满弹性地摆动着，在没有风的短暂间隙里，它则像柏树一样紧紧地闭合着，随着风力增长，上百根纤细的枝条，互相轻轻梳理着，做着手势。树顶摇曳，叶子起伏，发出精致的闪光，像是在温柔地低语，为自身的力量和绿色的青春感到高兴。（很久之后，我才记起，几十年前我凭借着开放的感官，在桃枝上观察过同样的游戏，并在《花枝》这首诗里做过描写。）

杨树喜悦、无畏，甚至恣意地把枝叶留给了渐强的潮湿的风，那在雷雨中所对天歌唱的，用顶梢在天空中所写下的，都美丽而完满，欢快又严肃，既是行动也是忍受，既是游戏又是命运，它再度包含了一切对比和对立。不能因为风能够这般摇晃和压弯树木，就说它是胜者和强者，也不能因为树木能够一次次从弯曲中恢复完好，而说树木是胜者和强者，这是双方共同的游戏，是动和静，天空和大地两股力量的协调一致。暴风雨中的树梢有着丰富表现力的舞蹈只是一种形象，只是对世界的神秘性的一种揭示，超越了强与弱、善与恶、行动与忍受。在某个片刻，或者说是在极其短暂的永恒瞬间，原本被遮蔽的秘密在其中得到了纯粹和完美的体现，比我在读阿那克萨戈拉或老子时更纯粹和更完美。为了看到这个形象，读懂这些文字，不仅需要春天的恩赐，还需要许多年乃至几十年的漫游与迷途、愚行与经验、快乐与痛苦。我喜欢这棵白杨树，喜欢它以那没有经历和戒心的少年模样向我献上的这场演出。更多的霜降和大雪会使它疲惫不堪，更多的风暴会使它动摇，更多的闪电会击中并伤害它，直到它也有能力去看到和听到，并渴望得到伟大的奥秘。

§

花枝

花枝总是来来回回
在风中挣扎，
我的心总是忐忑忐忑，
像孩子一样
在明亮与黑暗的日子中，
在想要和断念之间。

直到花朵随风吹散

树枝上结满果实，

直到心厌倦了童年，

拥有了宁静

并承认：生命中不安的游戏充满欲望

但也并非徒劳。

§

小教堂

一定是内心善良、温柔而且非常虔诚的人，建造了这座带有小天幕的玫瑰红小教堂。

经常有人和我说，现在已经没有虔诚的人了。人们也同样可以说，现在没有音乐，没有蓝天。但我相信仍然有很多虔诚的人，我自己也很虔诚。但我并非一开始就是如此的。

每个人走向虔诚的道路可能都不尽相同。我在我的道路上经历了许多错误和痛苦，许多自我折磨，也经历了极大的愚昧，原始森林般的愚昧。我曾是自由的精神，知道虔诚是一种灵魂的疾病。我曾是个苦行僧，把钉子钉在我的肉里。我不知道虔诚意味着健康和幸福。

虔诚不是别的，而是信任。简单、健康、心地善良的人，孩子，野蛮人，都拥有信任。而我们这些不再单纯也不再心地善良的人，不得不以一种迂回的方式找到信任。从信任自己开始。信仰不是靠和解、内疚和恶意赢得的，也不是靠道德和牺牲。所有这些努力都是在向栖居在自我之外的神灵们求助。而我们必须信仰的上帝就存在于我们的内心。人们不能对自己说"不"，而对上帝说"是"。

啊，亲爱的小教堂！你和这片土地紧密相连。你带着上帝的标志和铭文，它们却不属于我的上帝。你的信众祈祷，他们的话语我不熟悉。然而，我可以在你那里祈祷，就像在橡树林中或山间草地上一样。你像花朵一样从绿色中绽放，呈现出黄色、白色或玫瑰色，像青年人哼唱的春之歌。在你这里，每一种祷告都是被允许的，都是神圣的。

祈祷如颂歌一般神圣、治愈。祈祷是信任，是确认。诚心祷告的人没有要求，他只述说自己的状况和困难，唱出他的悲伤和感恩，就像小孩子唱歌一样。这就是受祝福的隐士们的祈祷方式，比萨的教堂墓园有关于他们的绘画，画中，他们身处绿洲，鹿群围绕着他们，这是世上最美丽的画。树木和动物也像这样祈祷。在伟大画家的画作中，每棵树、每座山都在祈祷。

出身于虔诚的新教家庭的人，需要走过漫长的道路去寻找这样的祈祷。他了解良知的深渊，他熟悉自身衰朽时死亡的刺痛，他经历过撕裂、痛苦、各种绝望。等到了旅程的尽头，他会惊讶地发现，通过这样的荆棘之路所寻求的极乐是多么简单、天真和自然。但是，这条荆棘之路并没有白走。从旅途归家的人与一直待在家里的人是不同的。他爱得更深，也更不受正义和妄想的约束。正义是那些待在家里的人的美德，是人类一种古老而原始的美德，而我们年轻人只知道一种幸福——爱，也只知道一种美德——信任。

我羡慕你们的小教堂，羡慕你们的信众和教区团体。上百个祷告者会为你哀叹，上百个孩子会用花环为你的大门加冕，献上蜡烛。但我们这些远行者的信仰和虔诚是孤独的。那些持旧信仰的人不愿意成为我们的伙伴，世间的潮流也越过我们的岛屿而远去。

我从附近的草地上摘来鲜花，有报春花、三叶草和毛茛，把它们放在小教堂里。我坐在天幕下的护栏上，在清晨的寂静中哼唱着虔诚的颂歌。我的帽子躺在棕色的围墙上，一只蓝色的蝴蝶停在上面。在远处的山谷中，从铁路上传来细细的、轻轻的汽笛声。灌木丛中，到处闪烁着清晨的露水。

（摘自《漫游》，1918）

§

盛放

桃花开满了枝头，
并非每一朵都能结成果实，
它们像玫瑰色的烟云一样明亮闪耀
穿透蓝天和流云。
思绪像花儿一样，
每天都有上百朵绽放——
让万物顺其自然，像花朵一样，
不必过问所得几许！

世间需有嬉戏、纯真
和似锦的繁花，
否则，世界对于我们而言就太小了，

而生活也没了乐趣。

§ 微小的快乐

我们这个时代的大部分人都生活在缺少快乐和爱的沉闷之中。敏感的心灵发现缺乏艺术性的生活方式是压抑和痛苦的，于是将自己从生活中抽离。在艺术和诗歌方面，短暂的现实主义时期之后，到处都弥漫着一种不足之感，其最明显的症状是对文艺复兴和新浪漫主义的思乡之情。

"你缺乏信仰！"教会喊道。"你缺乏艺术！"阿芬纳留斯喊道。在我看来，我觉得我们缺乏快乐。对昂扬生命的热情，把生活当作一项快乐的事情，当作一场庆典的观念，这就是文艺复兴如此耀眼、如此吸引我们的根本原因。赋予每一分钟极高的价值，追求速度，都是导致我们现今生活方式最重要的原因，它们无疑是快乐最危险的敌人。我们带着向往的微笑阅读过去时代的田园诗和充满感性体验的游记。为何我们的祖辈们没有为时间所限？有一次，当读到弗里德里希·施莱格尔①写的《闲暇颂歌》时，我不禁产生了这样的疑问：如果你不得不做我们的工作，会发出怎样的叹息！

如今生活的这种急迫感，在我们成长的早期就对我们产生了具有侵蚀性的有害影响，这是悲哀的，但却不可避免。不幸的是，现代生活的这种匆忙早已占据了我们仅有的一点闲暇；我们享受生活的方式所带来的紧张和疲惫几乎不少于工作。"尽可能多，尽可能快"是我们的座右铭。由此产生了越来越多的娱乐方式，但获得的快乐却越来越少。任何见识过城镇甚至大城市盛大节日的人，或看到过现代城市里娱乐场所的人，每当他们想起那些发烫的、扭曲的面孔和呆滞的眼神时总会感到痛苦和厌恶。这种被永不知足的欲望所刺激，又获得过度满足的病态的享乐，在剧场、歌剧院，甚至在音乐厅和画廊也占有一席之地。参观现代艺术展也鲜有乐趣。即使是富裕的人也不能幸免于这场疾病。他也许曾经可以，但如今不能。人们必须参与进来，跟上时代的脚步，保持对事物的关切。

---

① 弗里德里希·施莱格尔是德国早期浪漫派的重要理论家,著有《闲暇颂歌》(*Idylle über den Müßiggang*)。——译者注

我和其他人一样，对治愈这些弊病的普世良方知之甚少。我只想提醒你有一个古老的，可惜相当不时髦的私人处方：适度的享受才是加倍的享受，还有，不要忽视微小的快乐！

所以，保持适度吧。在某些圈子里，错过首演需要勇气。在另一些圈子里，某部文学新作发表几周后还不知道它的存在，也需要勇气。在一些极小的圈子里，如果一个人没有读过今天的报纸，他就会感到难堪。但我知道有些人并不后悔有勇气这样做。

在剧院里有长期订座的人，即便他每隔一周才去看一场戏，那他也不会有任何损失。我向他保证：他会有所收获。

凡是习惯于看大量画作的人，如果有可能，就应该尝试在一幅杰作前花上一个小时或更多的时间，并在这一天里满足于此。他会因此有所收获。

广泛阅读的人，也可以采用这样的方法。有时，它可能会因为没有新东西可作谈资而感到恼火。有时，他甚至会被取笑。但很快，他就露出会心的笑容，因为他从中收获更多。而任何不知道如何以其他方式约束自己的人，都应该尝试养成每周至少一次在10点钟睡觉的习惯。他将惊讶于这一小部分时间和享受的损失是如何获得可观的补偿的。节制的习惯与享受"小乐趣"的能力密切相关。因为这种能力原本是每个人与生俱来的，它的前提是适度的欢乐，爱和诗意，而它们在现代的日常生活中已日渐枯萎和丧失。这些尤其是赠予穷人的小快乐，在日常生活中是如此不起眼、如此之多，以至于无数劳动者麻木的感官几乎没有被它们触动。它们不引人注意，不宣扬，无须花钱！（奇怪的是，即使是穷人也不知道，最美好的快乐总是不花钱就可获得的。）

在这些乐趣中，那些通过与自然的日常接触带给我们的乐趣位居榜首。最重要的是我们的眼睛，现代人被滥用的、过度紧绷的眼睛，如果你愿意，它们具备用之不竭的欣赏能力。当我每天早上去工作的时候，有许多别的刚从睡梦中醒来，刚从床上爬起的职员与我同行，或者迎面走过，他们匆匆穿过街道，在寒冷中瑟瑟发抖。他们中的大多数人都走得很快，眼睛一直盯着路面，或者最多就是盯着路人的衣服和脸。振作起来，亲爱的朋友们！试试吧——去留意一棵树或者一片天空。它不一定是蓝天，在某种程度上，太阳的光芒总是能被感受到。当你习惯于每天早上看一会儿天空，突然间，你会感受到周围的空气，感受到自然在睡眠和工作之间赋予你们的早晨的清新气息。你会发现，每一天和每一角屋檐都会给人以不同的印象，有各自独特的光亮。稍微留心一下，你就会在这一天余下的时间里获得满足，享受与大自然共存的小天地。渐渐地，无须花费力气，眼睛就会训练它们自己成为各式各样细小刺激的中介，教会自己观察自然和街道，抓住生活细微处无尽的喜剧。这只是通往艺术洞察力的一小半路，最重要的是开始打开你的眼睛。

一方天空，一堵挂满绿枝的院墙，一匹干练的马驹，一条漂亮的小狗，一群孩子，女人漂亮的脑袋——我们不想被剥夺欣赏这一切的能力。如果一个人已经开始打开眼睛，即使在一条街的范围内，也能迅速看到美妙的事物，而不浪费一分钟。这种观察不仅不会令眼睛疲惫，而且会使人精力充沛，精神焕发。所有事物都有生动的一面，即使是无趣或丑陋的事物，只要你想看到。

伴随着观看，欢乐、爱和诗意也随之而来。如果一个人头一次折下一朵小花，在工作时把它带在身边，那说明他已经朝生活的乐趣方面迈出了一步。

我在一所房子里工作了多年，它对面是一所女子学校。这班大约十岁的孩子在我房子这侧有一片游乐场。我不得不一边努力工作，一边忍受孩子们玩耍发出的噪音，但我无法向你描述，只要看她们一眼，心底就会被何其多的快乐和生活的热情所填满。那些五颜六色的衣服，那一双双活泼有趣的眼睛，那些干脆有力的动作，使我对生命产生了更加强烈的渴望。马术学校或养鸡场也会对我产生相似的作用。任何人只要仔细观察光线投射在单色物体表面（如房屋墙壁）的效果，就会让眼睛感到满足和愉悦。

我们会满足于上述情形。一些读者会想起许多其他的小乐趣，比如，闻到一朵花或一个水果的香味，聆听自己和别人的声音，偷听孩童的谈话，等等。哼唱一段旋律或吹口哨也属于这类乐趣，还有其他成百上千的小事，人们可以通过这些小事为自己的生活编织出一连串明亮的小快乐。

每天尽可能多地体验这些小快乐，而把更大的，甚至令人有些疲惫的快乐有节制地分配给假期或其他美好的时光，这是我给每个苦于时间不足和缺乏生活兴致的人的建议。为了使自己从日常事务中恢复，为了每日的救赎和解脱，我们才被赋予了这些小小的，而非更大的快乐。

（1899）

§

云朵

云朵，温柔的船只，无声航行
驶过我的头顶
像色彩斑斓的面纱
以其精致和美妙
触动我心。

从蓝天中涌出
一个五彩缤纷的美丽世界，
充满了神秘的魅力
常常将我囚禁。

轻盈、明亮、透明的泡沫，
从一切尘世之物中解脱出来，
你们美丽的思乡梦
在逃离这片污浊之地吗？

§

我已步入迟暮之年，春天不再是我的朋友，它总是给老人带来更多的困境，但尽管如此，它依旧是无限美丽的。

（摘自《致巴托尔德·黑塞的信》，1953.3）

§

春天不是属于我的季节，年岁越长，就有越多的不适。不久前我写了这首诗，聊以自娱：

> 每个孩子都知道春天在诉说什么：
> 生活、成长、开花、希望、爱，
> 它让人欣喜，使新芽萌发。
> 投身于它，不要惧怕生命！
> 每个老人都知道春天在诉说什么：
> 父亲啊，将自己安葬，
> 把位置让给那些朝气蓬勃的孩子，

献出自己，不要惧怕死亡！

（摘自《致阿尔弗雷德·库宾的信》，1932.3）

§
花朵也……

花朵也会遭受死亡的痛苦，
即便它们没有身负罪孽。
我们的天性也如此纯净，
只在它不了解自身处，
遭受着苦痛。
那些我们称为罪孽的，
被太阳吸收，
从纯洁的花萼幽幽生发，
化作清香和孩童抚慰的目光。

就像花朵凋零，
我们一样会面临死亡，
只愿因此解脱，
只愿因此重生。

§

在1915年的春天

有时我看到我们的时代如此光明

像睁开了一只眼睛，

从破灭的幻想中

我看到泉水倾泻，

看到救世主

从十字架上升起

高大而苍白

凌驾于所有战争之上

宣扬爱的永恒国度。

有时我只看到黑色的仇恨，

人类充满愤怒的躯体，

没有节制的虚弱灵魂

着迷于罪恶的行径，

凝视的双眼呆滞、空洞且悲哀，

可怜的爱神迷失了方向，

在一切陷入黑暗之前，

越过那片血色旷野，冻得发颤。

但我们的草地

每天都带来新开的花朵，

榆树间黑鸟歌声摇曳，

甜美而醉人，

世界对凶案一无所知，

世界成了孩子，

我们屏息静气地站在那里

在芬芳宜人的气氛中

不再理解恐惧、痛苦和死亡。

§

世界虽然看似晦暗，但春天就要来了，花儿的微笑中蕴含着永恒的欢乐。

（摘自《致亨内特男爵夫人的一封信》，1941.3）

§

必须熬过春天，这个对老人最危险的季节。

（摘自《致弗里德里希·迈克尔①的一封信》，1935.3）

§

某些时候，你可以从天空中读到春天即将到来的讯息，在无形的灰色云层中，飘着一抹腼腆、超然的蓝色，这种危险而奇妙的景象让年轻人心花怒放，却让我们这些老人感到苦涩和害怕。人老了就不再喜爱春天。一年又一年，人们会更清楚地感受到为什么这

①弗里德里希·迈克尔(1892—1986)，德国作家和出版商。图林根州伊尔梅瑙市一个医生家庭的独子。早在中学时代，他就对戏剧产生了兴趣，这伴随着他的一生。1911年高中毕业后，他先到弗赖堡、慕尼黑、马尔堡学习文学和戏剧，最后于1913年在莱比锡学习，于1918年获得哲学博士学位。他的论文写于战争年代，题目是《德国戏剧评论的开端》(Die Anfänge der Theaterkritik in Deutschland)，并试图——正如他在序言中所指出的——"第一次科学地深入到一个迄今为止只是偶尔被研究触及的领域"。——译者注

个残酷的季节对老人如此不利，为什么春天是老人死亡的季节。

这正是我已多年没有在乡下家里度过初春的原因，我难以忍受那里泥土和树篱生芽时令人麻木的气味，同时有个声音如影随形，如此清晰，甚至粗鲁地提醒着我：现在正是年富力强者活跃，老弱病残者死亡腐败的季节。在城市里，你反而不会有如此强烈的感受。灰色的冰面上有几汪绿色的窟窿，公园里徘徊着几只黑鸟，起风的天空中有一抹青春的蓝色，仅此而已。

(摘自《城里的三月》，1927)

§

春

温和的三月和潮湿的四月
它们唱着古老的歌谣。
我的心不知道自己想要什么，
它不断梦想着，不断创作着。
来自维纳斯山的失落之声
甜蜜的恐惧与我擦身而过，

焚风呼啸，黑鸟的鸣叫

在一片蓝色中惊恐地消散。

安静吧，心啊，一切都结束了，

让你的梦消逝吧！

用清澄的眼眸迎接

五月欢乐的使者。

§

春天对老人来说通常不是一个舒服的季节。就像焚风摇晃老树，逐一触碰试探每一根树枝，看能否将其折断；春天也摇晃着老人，看他们是否很快也会衰朽。但尽管如此，春天仍然是美丽的。

(摘自《致卡尔·克洛特^①的信》，1948)

---

①卡尔·克洛特(1911—2002)，其父亲是酒店门房勒奥·克洛特，母亲是伊达·安格斯特。克洛特曾接受过面包师培训，从1939年起在苏黎世受雇成为一名模压工。在瑞士作家奥托·斯泰格和卡尔·塞利希等人的鼓励下，卡尔·克洛特首先发表了诗歌，然后发表了带有自传色彩的小说《萨尔瓦特里斯》(*Salvatrice*)，小说主要展现了外籍工人的问题。——译者注

§

山峰榉

是否曾有一棵年轻的山峰榉

出现在我的初恋中，

当我创作出第一首歌谣，

它是否看到我所写下的。

没有树木能像山峰榉一样

沉醉在春日的富丽中，

也没有树木拥有如此五彩缤纷的夏日梦

和如此突然的凋零。

有一棵年轻山峰榉

出现在我所有的梦里，

逝去的五月从树底下

随风带走了我心爱的人。

§

桃树

今夜，焚风猛烈而无情地扫过这片驯服的土地，

扫过空荡荡的田野和花园，穿过荒芜的藤蔓和光秃的

森林，拉扯着树枝和树干，遇到障碍物，便发出哗哗的吼叫，使无花果树咯咯作响，将枯叶一团团卷到高空。清晨，大量的叶子整齐地堆叠在各个角落和每一个能躲避风雨的窗台后面，有的扁平，有的蜷缩着。当我走进花园的时候，发现了一件不幸的事。我最大的那棵桃树躺在地上，树干在紧挨着地面的地方折断了，倒在葡萄园的陡坡上。这些树并不古老，也不属于巨人和英雄的时代，它们娇嫩而脆弱，对伤害过于敏感，流淌的树汁带有某些古老的、过度繁衍的贵族血统。它虽不特别高贵或美丽，但毕竟是我最大的一棵桃树，是我的熟人和老友，在这块土地上生活的时间比我还长。每年三月中旬后不久，树枝上就有花蕾绽放，玫瑰色泡沫状的花冠盛开，在晴朗蓝天的映衬下更显活力，或在雨天灰色天空的衬托下，显得无限娇嫩。在清新的四月里，它在阵风中摇晃，黄翅蝶化作金色的火焰从中穿过，它抵御着邪恶的焚风，在雨季潮湿、灰蒙蒙的天空下静静站着，仿佛坠入了梦境，微微弯腰看向脚下，在地势陡峭的葡萄园里，每逢雨天，草地就会变得更绿、更肥美。有时，我会将一小截花枝带进屋子和房间，或在果实变重的时候，我会用支架帮助它，早些年，我还厚着脸皮，尝试把它在

全盛时期的样子画下来。它一年四季都站在那儿，在我的小天地里占有一席之地，同时也属于这个小天地，与我一同经历过酷热和冰雪、风暴和宁静，为歌曲贡献了音色，为图画增添了弦外之音。它逐渐长高，高过了藤桩，熬过了一代又一代蜥蜴、蛇、蝴蝶和鸟儿。它虽不出众，没有受到特别关注，但却是不可或缺的。在果实成熟之初，我每天早上都要自小楼梯绕道过去，从潮湿的草地上捡起夜间掉落的桃子，用袋子、篮子甚至帽子把它们装好带到屋里，放在露台护栏上晒干。

　　现在，属于这位熟人和老友的地方出现了一个空洞，小天地出现了一道裂缝，空虚、阴险、死亡、恐惧从中窥探着。断裂的树干哀伤地躺在那里，木质看起来松软易碎，像海绵一样，树枝也在倒下时被折弯了；两星期后，春天来临，它们原本会再次戴上玫瑰色的树冠，与蓝色或灰色的天空相呼应。我再也不能折下一根树枝，再也不能从它身上采撷一颗果实，再也不能画下它分叉时那独特而又奇妙的结构，再也不能在炎热的夏日午后从楼梯走过去，在它稀疏的树荫下休息片刻。我叫来园丁洛伦佐，吩咐他把倒下的桃树抬到马厩。等到下一个雨天，如果没有其他工作要做，我们会把桃树劈成柴火。我不满地看着它，哎，连树都不能信赖，它们也会迷失，会离开你而死去，消失在茫茫的黑暗里！

我盯着洛伦佐，他扛着沉重的树干。永别了，我亲爱的桃树！至少，你死得很体面，死得很自然，为此，我高兴地赞美你。你坚持到了最后，直到强大的敌人把你的身躯从关节处扭断。你不得不屈服，你跌倒了，与根基分离。但你没有被飞来的炸弹击碎，没有被邪恶的酸液灼伤，没有像数百万人一样从自己的故土被连根拔起，再将血淋淋的根匆匆栽下，不久又被重新裹挟，变得无家可归。你不必经历毁灭和破坏、战争和侮辱，最终也没有在痛苦中死去。你有着与你的同类相符并且应得的命运。为此，我高兴地赞美你；你老去的过程更美好，你死得更有尊严，而我们在年老的时候要抵御污染世界的毒药和苦难，要从吞噬四周的腐败中为每一口清洁的空气而抗争。

当我看到那棵树躺在那里时，我想，像往常一样，面对这样的损失，我会种上一棵新树作为弥补。在树倒下的地方，我们会挖一个洞，让它敞开一段时间，暴露在空气、雨水和阳光下。到时候，我们会把杂草堆里的一些粪肥，以及各种与木灰混合后的废物放进这个洞里，然后有一天，或许一场轻柔、温和的降雨过后，我们会种下一棵新的树苗。这个男孩，这个树的孩子，也会满足于这里的土地和空气，也会成为葡萄藤、花、蜥蜴、鸟和蝴蝶的伙伴和好邻居，几年后它就会结出果实，每年春天三月下旬就会开出可爱的花朵，如果命运眷顾它，有一天它会像疲惫不堪的老树一样在风暴、滑坡或积雪的重压中倒下。

但这次我没能下定决心重新种植。我这一生种了不少树，没有必要再多一棵。我内心的某些东西也反对在这里重启循环，这一次，重新驱动生命之轮，为贪婪的死亡孕育新的猎物。我不乐意。就让这个地方空着吧。

（1945）

§

树木被砍去树梢后，它们喜欢在根部附近萌发新芽。同样，一颗在盛放中患病并受到摧残的心灵，往往会回到初生的春天和懵懂的童年，仿佛它可以在那里发现新的希望，重新连接断裂的生命之线。根部新芽萌发，生机勃勃，茂盛而急迫，但这却只是生命的假象，它永远不会再长成一棵真正的大树。

（摘自《在轮下》，1905—1906）

§
修剪过的橡树

树啊，看他们把你修剪的，

你站立的姿势那么奇怪。

你如何承受了这上百次的痛苦，

直到内心除了抗拒和意志，一无所有！

我和你一样，没有因伤口

和痛苦的生活而受挫

经受住折磨，

依然每天将额头沐浴在阳光之中。

我内心的柔软与温和，

至死会被这个世界讥笑，

但我的存在是坚不可摧的，

我心满意足，得到了和解，

从折断了上百次的树枝上

我耐心地萌发出新叶，

尽管所有的痛苦依旧，我仍然
爱着这个疯狂的世界。

§

众所周知，我有一个愿望，那就是用更伟大的作品让今天的人们亲近并热爱大自然慷慨、静默的生命。我想教他们倾听大地的心跳，参与整体的生活，在追求他们个人的命运时不要忘记我们不是神，也不是自创的，而是大地和宇宙整体的孩子和一部分。我想提醒他们，就像诗人的歌和我们夜晚的梦境一样，河流、海洋、飘游的云朵和风暴也象征并承载着展翅飞翔于天地之间的渴望，想要毫无疑问地确定其权利和一切生命的不朽。每个人内心深处都确信这些权利，确信自己是上帝的孩子，终将在永恒的怀抱中安息而无须忧虑。但所有那些存在于我们内心的恶劣、病态和污浊之物，它们提出异议，它们相信死亡。

我也想教他们在大自然的兄弟之爱中找到快乐的源泉和生命的洪流，我想宣扬观察、漫步和享受的艺术和当下的快乐。我想让山脉、大海和绿岛用一种诱人、强力的语言对他们言说，说服他们去觉察，在他们的家园和城市之外，每天都有各种不可估量的、充满活力的生活在绽放和溢出。我想让他们为自己感到羞愧，因为他们对国外战争、时尚、八卦、文学和艺术的了解多于城外喧嚣的春天，多于对流经他们桥梁下的河流，多于铁路穿过的森林和壮丽的草地。我想告诉他们，我这个孤独而艰苦生活的人在世间找到了令人难忘且珍贵的快乐之链，我希望他们这些也许比我更幸福、更快乐的人，发现世间还有更大的快乐。

（摘自《彼得·卡门青》，1904）

§

甚至在我还是个孩子的时候，我就有一种观看大自然种种奇特形式的爱好，不是简单观察，而是沉醉于它们自身的魔力和它们杂乱、深邃的言语。长长的木质化树根，岩石上的彩色纹理，漂浮在水面上的油斑，玻璃上的裂痕——对我而言，所有类似的事物有时具有极大的魔力，特别是水和火，烟雾、云朵、尘土，尤其是当我闭上眼睛时看到的盘旋的彩色斑点……除了那些在通往人生真谛的道路上获得的少量经验，新的经验接踵而来：对这些形象的沉思，对自然界混乱、奇异且非理性形态的热衷，使我们感觉到我们的内在存在与使这些形象产生的意志相一致——我们很快会感受到一种诱惑，想把它们当作我们自己的情绪，当作我们自己的创造物——我们看到自己和自然之间的界线在震颤和消融，我们发现了一种心灵状态，每当处于其中，我们无从知道视网膜上的图像是来自外部的印象还是来自内心的投射。没有其他练习可以更简单易行地让我们意识到，在某种程度上，我们就是创造者，我们的心灵总是参与着世界无穷的创造。同一种不可分割的神性既在我们身上，也在自然界中活动，如果外在世界灭亡，我们中的任何一人都有能力重建它，因为山和水，树和叶，根和花，所有这些自然界中存在的形象，已经在我们身上预先形成，源自我们的心灵，其本质是永恒的，其本质我们虽然无从知晓，但却常常以爱和创造的力量让我们感受到。

§

这几天我一直在忙着写一首关于春天的诗，或者说是关于树芽的奇特气味及其对年轻人和老年人的影响，截然不同的影响，尽管这件事看起来很难，而且几乎不可能用一种合理且令人满意的方式来阐述树芽对于人类心灵的影响，但我不想成为一个荒废手艺、逃避使命的人。

（摘自《绕道去游泳》，1928）

§

在美丽的五月里

在美丽的五月，当所有花蕾都绽放时，
第一天就开始下雨。
在美丽的五月，所有人都为它祝福，
直到第三十一天，雨才停止。

§

　　老师曾经让他班上的学生写一篇关于春天的文章，并让其中几个作者朗读了他们的作品。许多十二岁的学生第一次胆怯地飞往充满创造力的幻想天地，这些年少的朗读者充满热情地通过临摹诗人对春天的描绘来装饰他们的文章。大家谈论着黑鸟的叫声和五月的节日，有一个特别博学的学生甚至使用了"夜莺"这个词。但所有这些美丽的事物都没能打动埃米尔，他觉得这一切都很愚蠢，很傻。然后，老师点名，轮到壶店老板的儿子弗朗茨·伦皮斯朗读他的文章。就在他读出第一个句子"毫无疑问，春天应该被称为一个非常愉快的季节"的时候，科尔伯那双耳朵就欣喜地察觉到了同类的声音，他赞许地倾听着，不让自己错过一个字。这是周刊撰写城乡新闻报道所使用的文体，埃米尔已经颇有自信地掌握了这种风格。

（摘自《埃米尔·科尔伯》，1910）

§

你总是听到人们说，春天是一年中最美丽的季节。但它最美丽的地方是对夏天的期待。

（摘自《临近夏天的时候》，1905）

本书画作

书目

全书文本选自赫尔曼·黑塞:《黑塞全集》(*Sämtliche Werke in zwanzig Bänden und einem Registerband*,共二十卷,附索引一卷),由福尔克尔·米歇尔斯(Volker Michels)编辑,苏尔坎普出版社(Suhrkamp Verlag),2000—2007;信件摘选自赫尔曼·黑塞:《书信集》(*Gesammelte Briefe*,共四卷),由乌尔苏拉(Ursula)、福尔克尔·米歇尔斯与海纳·黑塞(Heiner Hesse)合作编辑,苏尔坎普出版社,1980—1986,以及赫尔曼·黑塞:《书信选》(*Ausgewählte Briefe*),苏尔坎普出版社,1974。

©for the compilation by Ulrike Anders: Insel Verlag Berlin 2010.
All rights reserved by and controlled through Insel Verlag Berlin.
本书中文简体字版版权,浙江文艺出版社独家所有
版权合同登记号:图字:11-2023-105号

图书在版编目(CIP)数据

黑塞四季诗文集. 春 / (德)赫尔曼·黑塞著绘;
(德)乌尔丽克·安德斯编;楼嘉译. -- 杭州:浙江文
艺出版社, 2024. 8. -- ISBN 978-7-5339-7637-8

Ⅰ. Ⅰ516.15

中国国家版本馆CIP数据核字第2024728NY6号

策划编辑	沈 逸	封面设计	山川制本 workshop
责任编辑	周 易 沈 逸	内文版式	吕翡翠
责任印制	吴春娟	数字编辑	姜梦冉 诸婧琦

黑塞四季诗文集:春

[德]赫尔曼·黑塞 著绘　　[德]乌尔丽克·安德斯 编　楼嘉 译

出版发行	浙江文艺出版社
地　　址	杭州市环城北路177号
邮　　编	310003
电　　话	0571-85176953(总编办)
	0571-85152727(市场部)
制　　版	浙江新华图文制作有限公司
印　　刷	浙江海虹彩色印务有限公司
开　　本	787毫米×1092毫米　1/32
字　　数	57千字
印　　张	3.625
插　　页	4
版　　次	2024年8月第1版
印　　次	2024年8月第1次印刷
书　　号	ISBN 978-7-5339-7637-8
定　　价	52.00元

版权所有　侵权必究